고래 발자국

빗방울화석 시선 3

고래 발자국

이성일 시집

시인의 말

산비탈을 깎아서, 산을 계단평지로 바꿔놓고 살아가는 사람들은 언제나 가장 먼저 불을 켭니다. 산그늘에 덮여서 주위가 빨리 어두워지기 때문입니다. 가장 먼저 켜지고, 가장 나중까지 꺼지지 않는 그 불빛 속에는, 아직 남아 있는 것들에 대한 사랑이 깃들어 있습니다.

불행이 할퀴고 간 자신의 삶을 미워하면서, 울고 웃고 소리 지르다 현실을 있는 그대로 받아들이고, 하루하루 기적처럼 살아가는 사람들의 불빛을 마주보며 절벽계단을 올라갈 때면, 웃고 울고 절규하던 그이들의 고통이 나의 고통이었고, 모든 고통은 다 같은 고통이라는 생각을 하게 됩니다.

덧댄 비닐에 가려 잘 안 보이던 불빛이, 춥고 어두워질 때를 가장 먼저 알려주는 그 불빛이, 내가 쓰고 싶었던 시고, 내 이웃들과 함께 나누고 싶었던 시가 아닐까 생각하면서 십여 년 넘게 지녀온 시편들을 한 권의 시집으로 묶었습니다.

2008년 봄

차례

2부

3부

1부

아버지의 땅

남정바리며 복쟁이 잡아 입에 입 대고, 헛바람 불며 놀았습니다. 뽈록하게 튀어나온 치어들의 부레가 허기인 줄도 모르고요. 겁 없이 뜨는 몸 깔깔거리며 바다에 띄우다, 하얗게 바다가 지워질 때 돌아가면 자주 누군가 죽어 있었습니다. 아버지는 마당 한구석에서 주검 껍질처럼 벗겨진 머구리 잠수복에 나무 신발에, 납덩어리를 매달고 있었습니다. 우주복같이 생긴 잠수복 입어 보려다,

아버지 무거워요, 바다에 빠져 죽겠어요
아니야, 그건 네가 부력이 없는 세상에 살아서 그래
아버지, 부력이 뭐예요?
땅에 발붙이지 못하게 하는 힘이지, 내가
너의 땅이 되어주지 못 할 때가 되면
너도 알게 될 거야, 아버지 그럼
내 신발에도 납을 달아 주세요
그러지 않아도 돼, 내가 너의 납덩어린 걸

아버지, 너무 깊게 묻혀
발이 닿지 않는 땅

안개 바다

1

바다 근처다
해안선을 따라 늘어선
이 마을의 집들이
유리창을 번뜩이며
바다를 보고 있다
서로 다르게
비어 있는 창 속에서
바다가 조금씩
증발하고 있다
불빛만이
가려진 커튼 사이로
안개를 흘릴 뿐

2

한지를 두드리며

누군가의 생을 탁본하다가
가슴 속 못 하나, 숨표처럼
그대 죽음 밖으로 삐져나와
바다로 간다

행간을 건너지 못한 생각들이
몇 척 배로 찍혀 정박해 있는
주문진항, 안 보이던 배들이
고동에서 고동으로 떠다니다
난파당한 이들의 생을 탁본한 듯
안개를 뚫고 나와, 고동
그 빈 먹통 속으로 바다를 확
펼쳐 보인다, 안개경보 울리고

안개로 풀어진 이들의 비명
자욱하게 바다를 덮는다

홍수

아무도 기다리지 않고
기다려지지 않는 날의 창밖은
유리창에 흐르는 빗물처럼
밀고 밀리면서, 흐르는 사람들
한꺼번에 흘러나온 퇴근길 자동차처럼
거리를 벽을 안간힘으로 민다

밀고 밀리면서 돌아보면 여기는 어디? 시계 속으
로 시간이 쌓인다, 벽돌처럼 길이, 길 끝에서 담벼
락으로, 전신주에서 수평선으로 자꾸 쌓인다, 시간
을 삼키고 길을 삼키다 금이 간 하늘에 새파랗게 질
린 사내가 목을 내밀고, 아무도 기다리지 않고 기다
려지지 않는 나를 삼킨다, 창밖은

사람을 삼켜버린 바다처럼 적막하다

길은,

1

가을 햇살이
방파제 가득 널어놓은 멸치 떼처럼
비늘을 번뜩이며 탁 탁 튀어 오른다
비늘이 시선에 꽂힐 때마다
새들이 햇살 밖으로 튕겨 나온다

까마득했다, 어릴 적
굴렁쇠로 감아올린 길이
헛바퀴만 굴리며 가는 생을 버리고
바다로, 야생으로 길을 풀어놓는다

2

문지방을 넘는 순간
집을 빠져나가는 길 하나
반듯하게 일어나 문이 될

그 길 끝에 없던 문 하나, 문이
벽이 되는 두려움도 모른 채
절벽에서 절벽으로

수평무지개

소리에는 빛이 있다
먹장구름을 밀고 온 바람이
왕벚나무 가지 끝에
물빛 그늘을 부려놓고
땀에 젖은 목덜미를
훔치는 소리, 더
낮은 곳까지 불려가야
생의 중심을 잡을 수 있다고
중얼거리는 소리,

빛나는 소리에 눈을 씻고
구름의 바닥을 들여다본다
바다를 건너다
수평선에 잘린 구름이
가보지 못한 바다를
책갈피처럼
하늘과 땅 사이에

끼워 넣는다

영혼 그림 1

대곡리 암각화

고래였어, 딱딱해진 고래
눈동자, 마를 새 없이 흘러내리는
저건 뭐지?

눈물이지요? 줄 대로 줄어들어
그대 눈에 짠 내만 남기고
물이 된 바다지요? 그대 가슴에
물금만 새겨놓고 메아리치는,

뭍에 흩어진 나는 나대로
호랑이 사슴 멧돼지가 되어서
먹고 먹히고, 그대는 그대대로
쇠고래 귀신고래 흰긴수염고래 되어
새끼들과 함께 유영하다가
삶이 파도치던 장생포에서
눈물 핏물 다 버리고 굳어버린
그대 영혼이지요?

바람이 물빛을 차올리자

반구대를 휘돌며 메아리치던 바다가

울산만 지나 수심을 내린다

영혼 그림 2

천전리 암각화

1

내 등은 굽어요 점점 딱딱해져요. 집을 벗어버린
서해비단고둥같이 땡볕에 맨살 지지며 뻘을 기어
요. 암벽에 물결치듯 새겨진 나선들은, 넋 놓고 앉
아 마냥 물때만 기다릴 수 없었던 내가, 맨살 맨몸
으로 기어간 흔적이죠. 바다가, 엎친 데 덮치듯 파
도치던 내 삶에 수평을 잡아줄 거라 믿었던 흔적.

2

내 등은 바위같이 딱딱해졌고
기어온 길은 나도 모르는 부호,
모르스부호 같았어

돈스 돈스
–절벽 끝에 엎드려, 등껍질로 신호 받기?
  그기 삶인가?

돈스 또돈스
−생활의 잔뼈들이 굵어질수록
 생의 감도도 선명해지는 거?

낮달 지고 환한 밤

아침은 늘
해보다 먼저 수평선을 넘어와
젖은 어구를 부려놓던 아버지의
어깨 위에서 출렁거렸습니다.

태풍에 두 척이나 배를 깨 먹고도
배 타령만 하신다고, 폐그물 깁듯
아버지 꿈을 보망하다가
덫이 되신 어머니,

어머니 몰래, 녹슨 종소리
갈매기처럼 끼루룩거리던
아버지 자전거를 버렸습니다.
땅 끝 방파제 끝까지 타고 달려가
시퍼런 물속에 가라앉혔습니다.

헛바퀴만 돌면서 가라앉던 자전거
바다에 묻어두고 돌아오던 날부터

젖은 바퀴자국이 따라다녔습니다.

정신없이 살아도 헛바퀴 돌듯
제자리만 맴돌다 돌아올 때면
녹슨 페달에 감겨 나오는
집어등 불빛에 달 없는 밤이
환했습니다.

바다로 뚫린 막장

태백역에서

기차가 떠나자,

막차를 놓쳐버린 그가 대합실 안으로 들어왔습니다. 눈치로만 살아온 내게 그의 짧은 머리는 소매 속에 감춰진 문신의 나머지를 뒷골목 어디쯤의 약도로 그려 놓았습니다. 다짜고짜 투덜대는 넋두리와 덜컹이는 대합실의 낡은 유리창이 어두운 생각의 나머지를 바람소리로 울렸습니다. 나와 그 사이에서 식어가는 연탄난로. 그가 다그치듯 말했습니다, 톱밥에서 연탄으로 땔감이 바뀌었는데도 탄광문은 닫혔다고, 주문진 속초 어디 뱃일하러 간다고, 막장에서 막장으로, 해수면보다 더 깊게 파 내려간 수갱을 버팀목 몇 개로 받쳐두고 뜬다고, 어디로 가야

(흔들리는 삶에 수평을 잡을 수 있을까요?)

말문이 막혔습니다. 선뜻 내 떠나 온 바다 주문진과 그의 막장 사이를 이어주기에는 너무 약한 생의 버팀목들이 말문을 움켜쥐고 있었습니다. 딱딱하

게 굳은 말을 하얗게 타 들어가는 연탄재에 묻어
두고 돌아앉았습니다. 졸다 깨다, 눈꺼풀에도 무너
져 내리는 그의 빈산에 온몸이 덜컹거렸습니다. 바
다로 뚫린 그의 막장 속에서 스위치백*식으로 오르
내리던 삶이, 기적(汽笛)을 울리며 다가오고 있었
습니다.

* 가파른 경사면에 놓인 선로(線路)의 기울기를 완화하기 위하여 고안된
  기찻길. 지그재그 철도.

향일암 수평선

문득문득 잘 지내고 있을 거라는
걱정과 그리움을 와이퍼로 닦으며
차를 몰다가, 여수 돌산쯤에서
잘못 걸려온 난데없는 전화에
어, 어, 혹시? 나야 나 하다가

살기 위해 발을 동동 굴러도
마음은 편하다는 너의 안부가
차창유리를 두드리더군, 불덩어리가
등줄기를 훑으며 빗물에 젖은 길을
태우고 있는 건지, 물안개
연기처럼 자욱하게 피어오르더군

치닫기만 하던 삶의 운전대를
기도발이 좋다는 향일암으로 돌릴 때도
너는 차창 유리에 부딪혀 탁 탁
터지지 않고, 흙먼지 닦아 내듯
맑은 목소리로 우리를 향해

웃고 있었던가

쏟아져 내리는 웃음줄기가 바다를 두드려
오목하게 휘어지던 향일함 수평선
같이 잡아당기고 있었던가

처마 끝에서
바람 부는 쪽으로 헤엄치다가
맑게 울려 퍼지는 풍경(風磬) 속
물고기처럼

거기서는 보이나요?

주문진 봄꾸미*

물살에 깎이고 파도에 밀려
벼랑 꼭대기, 방 붙이고 모여 또
해안절벽에 층층절벽 이루고
사는 동네 봄꾸미
수평선 너머로 지붕 올리고
뒤척이는 잠자리에 파도소릴 섞으면

보이나요? 바다로 떠난 사람,
떠나서 다시는 돌아오지 않는 사람,
발광(發光)하고 싶은 혼만
칠흑 같은 바다에 매달아 놓고
집어등 깜빡이듯 깜빡이는 그 사람,

소식 전할 듯 날아 들어와
과부댁 감나무에 둥지를 튼 까치도
떠돌이 최씨의 악다구니도
출렁이는 땅멀미고
길 없어 꺾인 골목, 골목이라고

한밤중에도 벌떡 일어나
뱃고동 소리에 울음 삭이고
봄꿈 꾸듯 서성이던 거기서는
보이나요?

* 주문진 등대가 위치한 곳으로 원래 지명은 봉구미다. 해안절벽 위에 집
  들이 모여 있어 먼 바다와 주문진항이 한눈에 내려다보인다.

치어의 꿈

아들에게

한낮에도 야광별 빛나던
네 평 지하방에서
새우 같은 몸 잠결에 띄워
천장까지 떠오르다 가라앉는
너의 모습이 보이지 않아
광어처럼 두 눈
너에게로 몰아붙이고
지구의 밤, 우주의 막장 같은
어둠 속을 더듬는다

아들아, 너는 또 나에게로
무엇을 방생하고 있는지,
천장 벽지에 얼룩져 있던
생흔화석 같은 바다가
너의 꿈속으로 방울방울
떨어지는지, 뿔뿔이 흩어진
우리를 다 거느리고 남대천 연어 떼로
돌아오고 있는지,

가쁘게 몰아쉬는 너의 숨소리에
선잠 깨어 빗물받이 비우고
아늘아 안녕, 바다 끝에서
다시 만나요

너에게로 가는 길

집으로 가는 길에 몇 척 배들이 지나가는 바다를 만났습니다. 월남치마 펄럭이며 그물 깁던 아낙네와 청색의 아가미를 파닥이던 아이들이, 모래불 가득 내려앉은 갈매기를 떼 지어 날리고 있었습니다.

사구(砂丘)에서 사구로
새털구름 펼쳐놓고 사라지는 아이들,
젖은 모래밭에 물금 긋고
나이테로 모여 있는 아이들,

아이에서 아이로 물결치다가
수평선에 엉켜, 폐그물이 되어버린
나를 만났습니다.

나를 보망하려고
칼끝뿐인 파도 위를 활강하며 돌아오는
몇 척 배들과 괭이갈매기 따라
집으로 가는 길에

연어

　머리맡에 떠놓은 물이 몇 번씩 얼었다 녹았다 하는 동안, 문틈 사이로 파도가 밀려왔다. 벽과 벽 사이를 밀고 당기며, 바다는 그를 바닥에서 천장으로 내려놓았다. 뒤척이는 몸을 내버려두고, 그는 햇빛에 녹아내리는 유리창을 들여다보았다. 수평선이 축 늘어지게 내려앉은 새들이, 그의 가슴을 벽처럼 세워놓고 그림자놀이를 하고 있었다. 그의 몸은 어느새, 골목골목을 전선으로 얽어놓은 새들을 닮아 있었다. 새들은 바닥으로, 벽에서 천정으로, 그림자를 옮기며 투망 같은 하늘에 그를 떨어뜨렸다. 가오리연 같았다. 바다 맞은편에서 얼레를 감는 아이들이 첨벙첨벙, 물소리로 뛰어 다녔다.

　연어 떼 같았다. 연실처럼 풀어진 수평선을 되감으며 집으로 가는

북쪽으로 흐르는 강

깨끗한 작별

어떻게 너에게로 갈 수 있을까? 퇴근길 교차로에서, 시간의 브레이크를 밟고 있는 노을의 미등을 바라보며 신호를 기다린다. 한꺼번에 몰려나와 경적을 울려대는 얼굴들 위로, 낮달이 황색등을 켠다. 엇갈려 흐르는 비행운 사이로, 팽팽하게 흐르는 시간의 물소리

너는 저녁을 향해 서 있는 나무들의 그림자처럼 슬금슬금 길어지다 어디론가 사라진다. 하늘이 창을 내려 우물을 만든다. 천장에서부터 차 내리는 달빛, 너는

두레박을 꿈꾸며 나를 길어 올린다.

달맞이꽃

들판을 지나다가
마디를 세운 이쁜 꽃들이
남루해진 너의
옷자락을 들치며 깔깔거리는 통에
나는 한동안, 바람에 너를 부풀려
빈 들의 허수아비로 세워 놓았지

종일 서서 구름만 보다가
구름이 네 머리에 달무릴 내려
챙을 대는 밤에는 옷자락을 기웠지
바늘귀에 걸려나온 달빛 한 올 툭
이빨로 끊다가, 혀끝에
혓바늘같이 돋아나는
아픈 노란 너는 꽃?

강문*에서

　달맞이꽃 지고 있습니다. 달이 북쪽으로 기우는 밤, 수평선보다 높게 떠 있는 바다 위를 배들이 지나가고 있습니다. 글썽거리는 불빛만 따라가다 어로한계선을 넘는 바람에, 돌아오지 못하고 밤하늘에 머문 당신, 강줄기 하나 거느리지 못하고 무명천으로, 개여울로 흐르다 바다 근처 포구에, 마을 이름 하나로 모여 있는 당신, 지금은 어디쯤에서 빛나고 있나요? 바다에? 아직, 해와 달 사이?

　알 수 없는 마음에 달만 쳐다보지만, 달은 자꾸 시선이 머무는 쪽으로 기울고, 철책도 분단도 없는 거기서, 바다를 거슬러 오르고 있을 당신의 강줄기에 파도를 대어 철썩거려 봅니다. 꽃 진 달맞이만 둑길 가득 늘어서 있는, 강문에서

고드름

강물에 띄워 나를 보낸다
물은 바다로 흐르지 못하고
피처럼 몸속을 돌고 돌다가
나를 적시며 혼곤해진다, 춥다

너는 늘, 낮은 처마 끝에서
겨울을 맞았지, 거꾸로 매달려
햇빛에 잠깐씩 젖어 내리다
촛농처럼 심지를 세워
강물을 태워 보지만
바다로 가는 길은 늘
어둡고 침침한 등잔 밑 같아서
나는 눈이 흐리다, 아 흐려진
기억의 바늘 끝에서
번뜩이는 얼굴, 고드름 따 들고
태양의 즙을 빨아먹던 아이들,

너는 내 피 속으로
무수한 아이들을 흘려보낸다

두근거리는 심장,
두근거리다 얼어붙는
심장 (콱, 한전 직원입니다
더 이상 전기를 공급할 수 없군요)

대관령 골짜기를 돌고 돌다가
오봉땜에 갇힌 물이 비로소
강줄기를 찾아 터지는 소리 (콱콱,
전화를 끊습니다, 오늘 중으로……)

그 산에 바람소리 새소리
혼선 때문에 혀가 잘리던
진달래 철쭉 울음소리

강문 앞, 바다

포구에서부터 바다를 툭
잘라버린 수평선에 다리를 놓고
경포호수에 비오리 천둥오리
올 것 같지 않은 고니 몇 부려놓고
진흙같이 달라붙던 그리움
홍장암**에 섬돌로 포개 놓으면

너는, 해일에 덮여 익사해버린
시간의 뼈들로 해안선을 긋는다
물 빠진 파도의 소금발이
너의 강을 밀고 당기며
죽어 있는 것들에게 속삭인다

−무엇이 처음 돌로, 나를 처 죽였느냐? 내
  그 피를 나누어 줄 테니 마시라, 마시고
  취하지 마라, 그 피로 너희를 살찌게 하고

그 돌로 너희 삶을 무겁게 할 것이니, 마시라
마음껏 마시고 토하지 마라
너희가 토하는 것은 모두 흙이 될 것이니
토하지 말고 탁류의 길을 가라
피의 모든 경험과, 경험의 독으로 비틀거리며

* 강릉시 초당동에 위치한 어촌부락. 경포호수의 수문 역할을 하는 곳으로
  강물이 드나드는 어귀란 뜻.
** 경포 호숫가에 있는 바위. 조선 초 강원도 감찰사로 온 박신과 강릉
  기생 홍장의 사랑이야기가 깃든 곳.

자물쇠가 열쇠를 기억할 때까지

초인종이 울린다, 아이가 깬다
아이를 다시 재우는 일은
쉬운 일이 아닌데, 멈추지 않고
초인종이 울린다, 문은
밖에서도 잠겨 있는데
야근에서 돌아와
잠든 나를 위해
아내가 걸고 출근 했는데
경기하듯 울어대는 초인종과
아이가 잠든 내
유년의 바다를 깨운다

하나님이 보낸 사람들일까
안팎으로 갇혀 있는 나를 위해
하나님이 문이고 빛인 사람들이
성난 파도처럼 벽을
내 가슴을, 후려치는 것일까?

(미치라고, 미치지 않고는 살아갈 수 없는 세상
여호아에 미치라고, 미치지 않기 위해 무엇에든
미치라고!)

2부

흰 산 1

1

흰 산 아래
눈 내리는 마을이 있다, 눈은
마을에 닿지 않고 산꼭대기 나무나
바위에 닿아 산을 녹인다
마을 사람들은 누구나
녹아 흐르는 산을 마신다

2

그러나 녹지 않고 쌓인 눈은, 마을 아래로 생나무
토막을 굴려 내린다, 얼어붙은 마음의 생가지를 쳐
내지 못하고, 줄기째 부러져 울부짖는 산, 산울림
소리에 잠이 깬 사람들은 더 깊이 잠들기 위해 아궁
이 가득 군불을 지핀다, 더러는 잠들지 못하고, 연
기처럼 피어올라 어디론가 흘러가버리는 사람들,

3

　입김만으로도 서로의 집이 되는 사람들의 체온에
녹아 흐르는 길이 있다, 길은 골목골목을 피톨처럼
돌다가 떠난 자들이 가져가 버린 세상과 남기고 간
허공에 발자국을 찍으며 서낭당 당목 주위를 서성
거린다, 길과 길이 맞닿아 틀어진 당목 꼭대기에선
어둑해지던 하늘이 지평선을 내리고 있다

4

　빈 집도 있다
　감 끝에 감나무 달고
　도시로 간 자들의
　뿌리를 움켜쥔
　마당 빈 집이 있다

　집은 위태롭다

까치보다 먼저

까마귀 내려와 쪼아대면

내장 같은 노을이 터져, 악착같이

감나무를 달고 있는 감이 있다

흰 산 2

눈꽃

산 속에는 햇빛을 녹여 물이 되게 하는 눈과 눈 쌓인 나무와 나무의 줄기를 따라 녹아내리는 햇빛을 따라, 차갑게 타오르는 불이 있다. 불은, 제 몸의 무게보다 더 가볍게 산등성이에 올라앉아 숨 쉴 때마다 흔들리고 숨 쉴 때마다 녹아내리는 나를, 태백산 꼭대기로 길어 올린다.

열린 산

아흔 아홉 굽이
대관령 고개를 돌고 돌아
너에게로 간다, 길은
산허리에 감기고
길이 돌아간 자리에는 늘
없던 산이 서 있다

너에게로 가는 길은
끝이 닿아 여러 겹
나이테를 이루며
나를 키운다

흐르는 산

내린천에서

물 위로 흐르는 산
산 속으로, 다시 흐르는
구름 몇 점, 흐르다 고이면
얕은 물도 깊어진다

깊게 가라앉아 선명해진 나무와
나무 사이에 몸을 숨기고
알몸을 태우는 너, 타면서

제 몸의 형상을 다 구워낼 때까지
단목령 길을 감고 뒹굴던 너의 피가
초록빛 물이 되어

흐르는 산속으로
다시 흐르는 구름 몇 점

흰 산 3

원적(原籍)

꽃이 지는 자리에는
꽃잎보다 먼저 꽃그늘 떨어져
곤충의 피 같고 꿈 같은
초록이 고인다, 고여서
깊어지다가 점 점
멀어지는 산,

   산속을 헤맵니다. 길은 노인봉 근처에서 발자국
몇 개로 나를 버려둔 채, 저 혼자 산목련 줄기를 타
고 올라가 목련꽃 망울을 터트리고 있습니다. 길 잃
고 두려운 마음에 나무 꼭대기로 올라가 길을 찾아
보지만 자꾸, 허공에 발이 빠져 새 울음소리만 밟히
며 터집니다. 툭 툭 터지면서 떠오르는 산. 백두대
간을 타고 흐르다 함경북도 청진시 신암 1동 앞바다
로 흘러가는 산. 너무 멀리 흘러가, 산 만해진 그리
움이 그리움의 능선만 끌고 돌아와 뭉게구름 피우
고 있습니다.

흰 산 4
라카스탈*

혼자 걸어도 둘이 걷는 것 같고 둘이 걸어도 누가 더 있는 것 같아, 멈칫멈칫 돌아보며 설원을 걷는 동안 그대는 빛푸른 그림자 드리우며 우리를 향해 마주 오고 있었군요. 그대 그림자 하염없이 바라보다가, 불현듯 스치는 이상한 두려움에 사방을 둘러보면 하늘은 어느새 눈 쌓인 높이만큼 얕아져 있고, 눈 쌓인 깊이만큼 나는 떠올라 구름 짚고 헤엄치듯 흰 산을 향해 흐르고 있습니다.

산양 떼를 몰아가던 양치기 소년의 휘파람소리가 양떼구름도 몰고 갔나요?

움직이던 모든 것이 흘러가 버린 고원에는 땅울림 소리만 지평선을 그리며 돌고 돕니다. 일렁이면서 다가오는 하늘가에 그대 영혼 비춰보려고 나무 막대기로 돌을 두드립니다. 따악 딱, 터지는 고요

터질 때마다, 물빛 차오르고

터질 때마다, 제 오랜 숨결을 태워

빛을 하얗게 물들이는 산

흰 산 5

명사산*에서

모래가 만드는 산이 있다
무너져 내리는 모래를 밟고
무너져 내리는 자신도 밟아야
삶을 있는 그대로
끌어안을 수 있는 사막에는

바람이 지우는 산이 있다
풀어지는 산자락을
비단길로 되감아 올리다
회오리에 뒤집혀 한 줌
모래로 흩어진 낙타처럼

풍화되지 않으려고
절벽에 굴을 파서
흰 산 빙하를 벽화로 새겨 넣던
막고굴의 돌망치 소리에

바람 불면 운다는

모래가 만들고
바람이 지워 운다는
명사산이 운다
모래를 흘리며 운다

* 중국 돈황에 있는 모래산. 지형 조건으로 인해 바람이 불면 산에서 목관
  악기 소리가 울린다고 한다.

꽃, 장님의 손끝에서 열리는 세계의 눈동자

목련, 태양의 눈동자

아주 오래 전
내가 아직 꿈꾸는 돌의
자궁 속을 떠다닐 때
기억하지, 껍질을 두드리던
한 정신의 맑은 눈빛을
한낮에 촛불 밝히고
인간을 찾아 헤매던 그 눈빛에
칼날을 번뜩이던 태양

기억하지, 봄 하늘 가득 박힌
돌팔매의 기억마다 피멍 들어
시퍼렇게 두 눈 감으면
감긴 내 눈동자 속으로
불쑥 주먹을 집어넣고
꿈꾸던 기억의 돌 하나씩
건져 올리던 그대, 온통

허공으로 둘러싸인 하늘에
그대가 박아 놓는 돌이
껍질을 벗어버린 껍질들이
햇빛을 태우며 스스로 빛나던
정신의 그 환한 어둠 속에서

풀꽃, 달의 눈동자

돌을 두드리면
어둠 쪽으로 열리는
달의 눈동자

심지를 내민 꽃들이
비로소 환하게 강줄기를 태우던
남대천 강둑에 서서
살아온 만큼 죽었다가
다시 피는 설움이

낮아진 관절마다 독하게 삐져나와
아주 흐린 달빛에도 상처를 번뜩이는
꽃아, 일년생 작은
풀꽃아

흰나비

─쓰레기통에 버려진
한 신생아의 죽음에 바침

푸른 잎 갉아 먹으며
허공에 무덤을 파던 애벌레는
제 몸 가운데 하늘을 묻는다

이파리 바람에 뒤집히고
빈 가지 가득 쌓여 있던 허공에서
흰나비 쏟아져 내린다

나비야, 흰나비 같은 아가야
너의 하늘도 뒤집어 줘

붉은 매화

허난설헌 생가에서

이건 눈이지? 겨울 다 가도
언제 봄이 오냐는 듯
그 집 마당에만 내리는 이건,
그 집 내력에 뿌리 내린 나무가
꽃 대신 퍼 올려 꽃나무 가지 가득
매달았다 떨어뜨린,

꽃이 아니고 눈이지 이건,
피고 지는 일로 꽃인 줄 알았던
사랑 더욱 아니고, 바람에
들렸다가 흩날릴 새도 없이
떨어져 내린 아이 둘 가슴에 묻어
흙내만 찌르듯 코끝에 스미는

이건 눈이지? 치마폭 펼쳐 받듯
품안에 다시 받아 안아보고 싶어서
겨울 다 가도 그 집에만 쌓이는,
눈시울 붉어지도록 자꾸 쌓이는,

봄 녘

끝없는 날들의 오후가
흩어진 그림자를 주워 모은다
텅 빈 공원에 모여
종일 날개를 깁는 새들에게
더 깊은 바닥을 드리우는 봄,

끝없는 날들의 오후가
구름을 반죽해 강을 만든다
시간의 그림자 속으로
가지를 늘어뜨린 꽃나무들이
물 없는 강을 바라본다

꽃이, 꽃같이 파리해진 사람들이
바닥에서 떠올라 길을 적시며
노을 속으로 흐른다

사막나무 1

길이 없다. 나무보다 많은 전신주의 전선이 뿌리처럼 집들을 움켜쥐고 길을 놓아주지 않기 때문이다. 골목은 닫힌 길, 꺾어지는 곳에서부터 절벽이다. 골목에서 잘려나간 길의 뿌리가 거꾸로 자라나 집들을 허공에 매달고 있는 밤은, 무섭다. 마주치지 않고도 서로를 통과해 가는 사람들처럼,

발가락이 발가락의 기억을 더듬는다. 딱딱하지 않은 것은 흙처럼, 공터로 쫓겨나 버려지기 때문이다. 발가락이 발가락의 기억을 더듬다 딱딱해 진다. 발목에서 머리까지, 이러다가 잠들면 꿈도? 에서 생각도 굳어진다. 채 굳지 않은 꿈들이 생각을 빠져나가려고, 풀벌레처럼 아우성치는 가로등 아래, 누가 지나간다. 아무것도 그의 무게를 받아주지 않아 그림자가 땅처럼 그를 받치고 간다.

꽃 속에 피는 꽃

바람이 봄볕을 태우다가
꽃나무 가지에 불씨를 옮긴다

환하다, 꽃 같은 것이
한 잎 한 잎 펼쳐 보이는
꽃잎 속에 나를 열어놓고
자기를 보여주는 꽃

나무야
이 봄에 한 겹
한 겹 벗어버리는 너와
나의 경계 속에서
꽃이 핀다

동충하초(冬蟲夏草)

화분을 빠져 나온 화초 뿌리가
뿌리내릴 땅이 없어
기억 어딘가에 뿌리 내리던 봄날이었다

창가에 앉아
흙냄새를 맡으려고
잎새를 흔드는 바람소리 들었다

목구멍 가득 흙먼지 쌓이고
뱉어도 자꾸 쌓이는
먼지 속에서 누가
햇빛에 목줄기가 잘려나간
그림자를 드리우고 있었다

캄캄하였다, 아지랑이
목숨같이 서둘러
목줄기를 빠져나갔다
(이 땅에 발이 닿지 않는 자 모두

내게로 오라)는 소리 들렸다

고향을 떠난 사람들이
뿌리내릴 땅이 없어
기억 어딘가에 뿌리 내리던 봄날이었다

사막나무 2

고비를 지나며

사막 한 가운데
나무가 있다
열사의 태양 아래
자기를 비껴 세우는
나무의 그림자는
뜨겁다, 바람이
물처럼 흘러들고
사람도 짐승도 흘러들어
생명 있는 것들이
강폭을 이루는

나무의 그림자는
깊다, 깊고 어두워
지나가던 바람도 회오리를 만들며
자기를 건져 올리는
사막 한 가운데

물 없어 그림자로

길을 적시는 나무는
가시가지 끝으로
생의 지평을 돌리고 있다

정전

하늘빛 덮인
새들의 지붕 위로
전선 몇 가닥이
눈금을 긋는다
침침해지는 골목

뒤뚱거리던 생을
전신주에 올려놓고
보안등 알전구처럼
깜박거리는 까치는

떨며 흔들리며
나무줄기 끝에서
생의 중심을 결집하던
숲이 그리워

파박!
다비를 꿈꾼 건지?

화엄벌 마당바위*

산늪 1

갈대 누워 자라고 철쭉 엉겨 꽃 피우는 천성산 화
엄벌을 오른다. 밀고 당기며 점점이 능선 길을 이어
가는 일행의 등줄기를 적시는 비, 일행과 멀어질수
록 세차게 떨어져 내리는 빗방울에 휩쓸려, 떠내려
가지 않으려고 늪을 끌어안는다. 발이 쑥 쑥 빠지는
토탄의 검은 흙에, 채 흙이 되지 못한 내 마음의 바
닥까지 달라붙어, 무겁게 가라앉는 몸

털어 내면 물소리 물방울 솟는 소리 사이로
갈대처럼 살아가던 백성 천 명 이끌고 와
마당바위 이고 서서 삶을 다독거리던

그대 강건한 숨결이 산늪을
돌아 나오는 물방울의 무게로
온몸 두드린다, 사방으로 튀어 오르는
산 꽃 봉우리

* 천성산 산정에 있는 바위. 원효가 백성 천명을 이끌고 올라와 깨우침을
주었다는 일화가 전해진다.

벼랑능선에 길을 올린다

산늪 2

올라갈수록 바닥이 보였어
나를 향해 빛나는 건
달빛뿐이었지, 저 달
따라가 볼까?

발이 닿지 않잖아, 가라앉잖아, 습지로 빨려드는
내 영혼의 침샘과 단내 나는 입술의 숨이, 통발에
끈끈이주걱에 스며들잖아, 한기를 느끼라고? 통발
같고 끈끈이주걱 같은 내 몸 곳곳에, 층층이 쌓여있
는 토탄층의 주름을 당겨 보라고?

내 영혼에 물빛이 돌았어, 삶을, 바닥에서부터 튕
겨 올리는 소황병산 늪지의 물소리가 등줄기를 태
우며 솟구치잖아, 선자령에서 백복령으로, 마루금
을 긋다가 주저앉는 대간의 숨통 틔우며, 달빛으로
타오르잖아

이상하지? 올라갈수록 바닥만 보였어

3부

빙폭

한계령 실폭에서

낙빙낙빙 외치는
그대 목소리가
물소리?

부서져 내리는 얼음,
빙점을 향해
굳어가던 몸이,

샘물처럼 솟구쳐
오르더군요, 느슨하던 자일이
그대와 나 사이를 잡아당길 때마다
물기만 품고 살던 우리 삶도
같이 당겨지네요, 팽팽한 그 소리
벼랑 끝에서 물줄기로 길을 내나요?

아이스바일에 헤머*에 찍혀
불꽃 튀던 얼음이
빙벽같이 굳어가던

마음에도 불을 당겨
폭포처럼 우리를 타오르게 하나요?

*빙폭 등반에 사용되는 장비.

자기소개서

골안개라고 쓸까?

대관령 고개를 넘을 때마다, 기우뚱 휘청 튀어 나
가는 마음에 안전벨트 채우고, 정신의 기압골 따라
산을 넘다가 번쩍, 천둥 번개를 동반한 한랭전선에
어두워지는

집어등이라고 쓸까?

산꼭대기 바람이 수평선 너머로 옮겨 부친 마을
불빛에 홀려, 붕어빵 같은 아이들만 헛되이 그물질
하는

여행용 티슈?

아내의 젖가슴 사이로 흐르는 눈물의 골짜기를
빠져 나올 때마다 한 장씩 줄어드는,

나? 구겨지고 버려지는

나를 다 모아 놓고

스치는 것 다 태우는

노을 속으로 걸어가 볼까?

재활용 폐지처럼

주름진 삶을 다림질해 볼까?

공원 마로니에 1

새를 날린다, 날아가지 않는다
날아가지 않는 새를 다 모아
제 그림자에 가두어 넣고
은행나무 아래 누워, 길 없는
그 길 끝에 새집같이 매달린
저 사람, 봉두난발의

살아남은 새라고, 까악
비행금지구역을 지키는
서울 하늘의 개라고, 깍 깍
짖어대는 까치보다 시청 직원보다
더 독하게 버티고 누운

저 사람, 머릴 좀 봐
이슬이, 자기를 건져 올린 물방울이
돋아나잖아! 노숙에 절은
알몸 닦아내라고
달빛 끌어 모으며 반짝이잖아!

공원 마로니에 2

엉겅퀴

떨어져 내리지 않고
허공에 멈춘 나뭇잎 하나
지상에 남은 햇빛을 끌고
해 들지 않는 그대 공원을
구석구석 비춘다

엉겅퀴, 흩어진 꽃잎으로
그대 겹겹이 휘감고 있는
홑껍데기 같은 삶에 수를 놓아
솜이불처럼 포근하게 감싸는

엉겅퀴, 꽃 내보다 진한
흙내 날리며, 삐져나온 몸
안 보이는 그대 피로
가을 첫 이파리를
붉게 물들이는

공원 마로니에 3

차가운 불씨

밤 3시,
차고 이글거리던 불빛 속에서
숯이 되어가던 그대를 만났지
태백산 참숯가마 터에 있던
참나무 같았어

뿌리며 어린 잔가지며
버릴 것 다 버린 생나무 토막이
다른 토막에 기대어

사나흘 굽고 태워야
흑탄 백탄이 된다는
숯쟁이 말에

떨다가, 재만 남겨질까봐
불꽃은 피우지도 못하고
숨죽이며 불씨 보듬던

그대, 탄연보다
자욱한 입김 뱉으며
빈 속 술로 지지며

꺼져가는 삶에 한 번 더
불꽃을 당겨보려고
얼음바닥에 숯검댕이 몸 붙이고
불덩어리를 삼키는 그대

공원 마로니에 4

첫 눈

겨울 빈 공원에서 지하도에서
맨살 맨바닥에 깔고 웅크려
살아온 길 지우고 길 없이도
살아보려고 이리 저리
뒤척이는 그대 피해 걷다가

지하를 막, 빠져 나오는 순간
눈이, 저도 지상에 방금 도착했다는 듯이
얼굴에 가슴에 안겨들잖아

그 눈 온몸으로 받아 보다가
마을버스 놓치고 돌아서서
이리저리 질척이다 흰빛을 잃은
그대 마음에 쌓이고 싶어

겨울 빈 공원에서 지하도에서
같이 뒹굴다 뭉쳐지는
그대 흰, 눈사람이고 싶어

날개

저 천사, 소경의 지팡이
길바닥을 두드리며 쿵쿵 다가오지만
내 가슴 너무 두꺼운 콘크리트에 싸여
두드려도 두드려도 울리지 않네

울리지 않는 저 천사,
하모니카로 복음을 불지만, 영-
생은 돌고 도는 순환선처럼
거품 같은 피로만 쏟아버리네

끓어오르다 가끔씩 터지던 삶도
안전선 밖으로 한 발 물러서
날개 없어도 추락할 일 없네

아 눈 먼, 내 눈을 두드리는
저 천사, 앉은뱅이로
잡아당기는 길 끝에 감겨
달아나지 못하고 주머니를 더듬다

손 끝에, 불현 듯 스치는
이건 뭐지?

둥지

바람이 분다
휘청거리는 은행나무에
까치 두엇 내려앉는다
축 처지다 가지를 들어올려
균형을 잡던 나무는
그때, 무엇을 버렸을까?

차창 가득 흔들리는 나무를 달고
154-1번 버스는 구기터널 앞에
멈춘다, 바람에 떨어진
새둥지를 보듬고 아이가 오른다
사람 숲에 자리도 잡기 전
급발진 급정거로 다시 달린다

휘청거리는 몸
가까스로 지탱하다
넘어지는 아이 쪽으로
팔을 내민다

나도 모르게 떨어트린?

엽기토끼*

이제 그만 자야지?
딸아이에게 전화를 걸고
강릉행 심야버스에 오른다
십 여일 걸렸다는 선비길도 아니고
스위치빽식으로 왔다갔다 헤매는
통일호 기찻길도 아닌데, 길은
왜 이리도 더딘지, 대관령
아흔 아홉 굽이를 돌고 다 돌아야
마음 한 귀퉁이에 수평선 걸고
너의 요람을 흔들 수 있겠지?
축 처진 눈과 미소가 귀에 걸린
엽기토끼도 안겨 주겠지?

시외버스 터미널로 서울역으로
돌고 돌다가 반쯤 돌아서
만나던 이들은 잠시 잊어버리고,
달만 멀건이 쳐다보고 있을
그들의 둥근 달 속에서

토끼 하나 꺼내들고 미친놈 마냥
중얼중얼 거리는데 누가
차창 밖에서
따라 중얼거린다

—토끼야 너도, 엽기토끼!

* 마시마로 캐릭터 인형. '엽기' 라는 단어는 2001년 중반 이후 '기괴하고
  이상한 것' 이라는 사전 본래의 뜻을 넘어 황당하거나, 허탈한 현상들을
  의미하기도 한다.

덩굴손

독박골 1

고지박 덩굴이
쓰러져 가는 집을
붙들고 있다

자고 나면 매달리고
자고 나면 늘어지는
삶의 무게를 고지박이
감당하고 있는 걸까

축대 끝 담벼락 지나
달빛을 향해 뻗어가던 덩굴손이
비탈진 동네를 한 지붕으로
덮어가는 밤이면

삶이 악몽 같아
꿈꿀 수조차 없었던 날들이
고지박 속에서
부풀어 오른다

절집마을

독박골 2

불광사를 찾으려고
마당과 지붕 사이를 오르내리다
인기척이 나거든 길을 묻지 마시고
가만 가만히 귀 기울여보세요

거기가 산문(山門)이고,
흐르지 못해 웅크리다 얼어붙은
북한산 골짜기의 물소리 새소리가
녹아내리는 곳이니까요

가만 가만히 귀 기울이다
안보이던 길, 산으로
환하게 물빛을 드리우면
그 소리 어두운 골목골목에
되비추어보세요

불광(佛光)은 아니더라도,
맥놀이 쳐오는 물빛 너울로

삶의 그늘을 밀어내고 살아가는
당신 당신이 보일 거예요

운주사 머슴부처

독박골 3

태풍 매미에 집이 내려앉았다

비 내리는 밤이 무서워
쾅하고, 무너져 내리던
돌더미가 무서워, 가위 눌린 몸
축대 위에 포개어 놓고
장대비처럼 아무 말이나
퍼부어대던 여름이었다

비만 내리면 한밤중에도
귀신 씌인 얼굴로 뛰어들던
옆집 아이 한 이불에 재우고
우두커니 앉아 있었다

법당을 뛰쳐나와, 좌불안석
산자락을 서성이던 운주사 머슴부처
어른거렸다, 비바람에 뭉개진 몸
일그러진 미소로 돌덩어리같이

굳어가던 나에게 중얼거렸다

쓰러질 듯 있어도 마주 기대어
포개져 있는 너의 이웃과
물길 막고 살라고, 새 세상이 올 때도*
귀신보다 사람을 먼저 보라고 중얼거렸다

쾅 소리, 비명 소리
빗소리로 들렸다

* 천불천탑으로 유명한 운주사에는 서쪽 산능선에 거대한 두 분의 와불이
있다. 이 와불이 일어나는 날 새로운 세상이 열린다는 전설이 전해지고
있다.

서울, 간고등어

독박골 4

나는 왜 한번도
바다가 땅이라는
생각을 못했을까
물 밑에는 왜
죽음만 있을 거라고
생각했을까

아침마다 바닥에서 올라와
비탈진 골목골목에, 싸고
싱싱한 바다를 끌어다 놓는
저 물 좋은 고등어처럼

내장 뺀 자리에 막소금 대신
소금발 서린 목소리를 채우고
파도가 땅을 치듯
삶의 바닥을 치고 오르는
저 서울, 간고등어처럼

고래꿈

강릉 사천 주문진 지나,
7번 국도와 나란히 흐르다 휘어지던 수평선이
북녘 땅을 끌어안던 바다에서

북한군 잠수정을 보았습니다, 명태도 오징어도
씨가 마른 바다에선 북한군 잠수정이 고래꿈이 되
었다죠? 만선을 꿈꾸던 어부들은 어군탐지기를 북
쪽으로만 쏘아 댄다죠?

꿈을 고쳐 꾸다가, 아이의 손을 잡고 주문진 축항
으로 고래를 보러 가던 실향민 어부를 보지는 않았
나요? 검은 고래 숨구멍으로 솟아오른 아이가, 지
는 해를 문지르며 물보라처럼 노을을 뿜어내고 있
지는 않던가요?

해도 넘어가지 못하는 북쪽으로
해를 넘겨보려고?

지경 물치 거진을 지나
가시 돋친 어로한계선에 헛뿌리 얽고
붉게붉게 타오르다 명사십리
해당화로 피고 있지 않던가요?

한계령풀꽃*

그 꽃 보려고, 그렇게 또
사라져버릴지 모를 야생화를 보려고
북암령으로 올라갔습니다

같은 꿈을 향해 흐르듯 걷는 일행을
놓치지 않으려고 앞만 보고 걷는데

(꽃이피었습니다꽃이피었습니다무궁화꽃이피었
습니다)

아련히 울려오는 환청에 놀라
누가 돌아보는 것도 아닌데 멈췄다 가고
살며시 다가서다 다시 멈춘 자리엔
당신 당신 당신 같은 한계령풀이
꽃대를 흔들고 있었습니다

살아보려고, 하얘져가는 낯빛을
봄볕에 그을리다 호명 당한 당신

돌아보세요, 입 하나 덜어
동생들 살린다고 두만강을 건너다
물살에 휩쓸려간 금강 꽃제비를
돌아보세요, 죽지 않으려고
비상계단 난간에 비닐 치고 뒤엉킨
멧감자풀이, 보일 때까지

* 보호야생식물 제28호. 땅 속에 있는 가느다란 줄기 끝에 지름 3~5센티
  미터의 둥근 덩이뿌리가 붙어 있어 북한에서는 멧감자라 부르기도 한다.

온정령, 만상을 지워야 넘을 수 있는

온정령 넘어가면 내강리라죠?

아직은 갈 수 없다는 말에
몰아치는 금강내기에
흔들리지 말자고 다짐하면서
천선대를 오른다

절부암이 뭐냐고
만물상이 다 뭐냐고 중얼거리다
채 녹지 않아 얼음 같고
눈 같은 그대 모습에
가슴이 에인다

웅크리고 있어도 피어 있는 그대가
눈꽃 같고 얼음꽃 같아
그대 산다는 내강리로 눈길 넘긴다

비틀거린다, 허방 짚은 내게 다가와

넌지시 말 건네는 그대
(마음만으로는 갈 수 없다고,
마음으로만 통일을 바라면 어카겠냐고,)

그대 목소리 벼랑을 울린다
벼랑 위에 얼어붙은
만상을 울린다

먼 산 바라보려거든

한북정맥을 이어보려고
적근산으로 향한다
군부대가 길을 막자
산에서 산으로 이어진다는
산경표의 길, 흩어진다

흩어지는 길을 따라
생창리로 달리다
생창상회 옆 공터에서
트램펄린 위에서
샘물처럼 솟아오르는
아이들 본다, 그 웃음
그 맨발에 북녘 하늘이
첨벙거린다

지척에 둔 고향과 발목지뢰와
바코드가 새겨진 출입증을 보여주던
마을 주민의 시퍼런 낯빛도

어른거린다

유통기한이 지난
분단조국의 생산품처럼
끓어오르는 분통 삭이다
노랗게, 샛노랗게 터져 오르는
애기똥풀 무성한 지뢰밭에서

그 웃음 그 맨발 터질 때마다
끊어진 정맥에 맥박 뛰듯이
적근산 벽력암산이 솟아오른다

쌀을 씻다가

지리산 1

너럭바위에 확을 파고
그분들은 거기서 무엇을 갈았을까?

쌀을 씻는다, 쌀 씻는 소리가
백운산 계곡물 소리와 겹친다
생쌀 움켜쥔 손이
푯돌처럼 단단해진다

여순 사건 때 반란군들이 머물렀다는, 옥룡면 심
원마을 동곡분교 터쯤에서 쌀뜨물을 버린다. 영문
도 모른 채 죽여야 할 제주도 사람들의 얼굴이, 고
향에 두고 온 가족들의 얼굴과 겹쳤던 걸까? 아니
면, 군인은 군인과 싸워야 한다고, 군인이 민간인을
죽이는 건 죄악이라고 생각했던 걸까?

학살과 반란 사이에서 넘치던 죄가 수채 구멍을
빠져나간다. 수도를 틀자 물소리 산으로, 백운산 계
곡으로 역류한다. 산죽에 묻힌 진지며, 돌더미가 무

너져 내린 무개호가 보인다. 거기다,

　살길 없어도 살아지는 시간들과 남은 식량과
　자책하고 후회하고 분노하던 자신을
　확독에 쓸어 넣고 이 갈듯
　풋돌로 갈아가며 민족 앞에
　죄 앞에 흐려지던 신념을 돌려 세우며
　백두대간 쪽으로 산길을 하나씩
　살길로 바꾸고 있었던 건 아닐까?

　백운산 꼭대기에 뜨물처럼 떠 있던
　지리산 능선이 밥물 높이에서 잘박거린다

다랑쉬굴[*]

말 하나에 주검 하나 뱉어져
나뒹굴던 시대가 여기,
꽉 막힌 저 구멍처럼
가라앉기 전, 한 번 더 떠오른
그대 목구멍처럼, 여기
벌어져 있다, 아직
솟구칠 무언가가 남아 있다는 건가?

사방으로 흩어진 불덩어리가
산도 언덕도 아닌 무덤,
주검이 파헤쳐진 무덤 같은
오름만 남겨놓은 화산섬 제주에
아직, 애간장을 녹이는 불덩어리가
흐르고 있다는 건가?

길을 묻는다, 물음이 채 끝나기도 전에 뭐 하러
가냐고, 우리 삼촌은 아직도 그들과 마주치면, 저기
저 빨갱이 지나간다며 길을 확 꺾는다고, 되묻는다,

뭔지 모를 죄스러움이 용암처럼 치솟아 고개를 확 돌린다, 차창 유리에 이마를 대자 바다가 나를 녹이며 딱딱해진다,

　여기는 섬, 어디서든 고개를 들면
　바다가 병풍처럼 일어서 배 지나간 흔적들을
　비문(碑文)처럼 흘려 내린다, 뭍은
　병풍바다에 가려진 망자들의 땅?

　이정표도 없고 물어서는 더더욱 갈수 없는 곳이라고, 길 안내를 자청하신 고 선생님이 대숲을 가리킨다. 대숲 있는 자리가 다 마을 텁니다. 여긴 섬이라, 생필품을 모두 대나무로 만들었지요. 뿌리까지는 불길이 못 미쳤는지, 세월 지난 후에도 여기가 거기라는 듯, 다시 숲을 이루네요.

　섬과 뭍 사이에서
　여기와 거기 사이에서

예, 예, 그렇군요 하는 동안
시커먼 팽나무 그늘이 나를 덮친다

가시덤불과 억새만 무성한 마을 초입에서 다시
헤맨다, 수차례 와 보셨던 고 선생님도 길을 헤맨
다, 이리 저리 가시에 찢기고 억새에 꺾이다가, 꽉
막힌 구멍 앞에 다다른다, 양쪽으로 뚫린 굴 입구에
연기를 피워, 너구리 잡듯 사람들을 학살했다는

구멍은 막혀 있다, 남북
어디로도 탈출하지 못하고
짐승같이 살아야할 삶이
죽음보다 더 두려웠던 걸까?

토굴 바닥에 돌 구석에
코를 박은 채 죽어 있더라는 그 구멍
아직 터지지 않아, 쾅 쾅
가슴을 두드리는 무언가가

토굴에서 목구멍으로 울려 퍼진다
이제, 무엇을 더 말할 수 있을까

무슨 말을 더 할 수 있을까
'돌밭에 누님을 묻고 돌아와 보니 어머니, 어머
니가'
짐승 같은 목소리로 숨 넘어 갈 듯
꺽 꺽 말을 삼키던 고씨 아저씨의
들숨 같은 말? 옴팡밭에 고인 피가
냇물 흐르듯 조랑조랑 흘러가더라는
핏소리 같은 말?

바다 건너 반도의 끝에서도
가시 돋쳐 녹슨 말들이,
안 보이는 철조망들이,
우리를 또 다른 섬으로 갈라놓는
여기는 혼약의 섬, 그대

녹슨 철조망과 함께 일생을 흘러 왔다면
접근금지 팻말부터 암구호부터
찾아서 버리라고, 발포 위협 같은 건
못들은 척 하고 소금에 달아오른 상처같이
시뻘건 자물쇠부터 찾아서 버리라고,
두렵기는 누구나 마찬가지라고,

속삭이는, 터지듯 속삭이는
플래시 불빛에 렌즈 같은 바다가
시퍼런 주검의 눈을 감긴다

* 다랑쉬굴은 1992년 4월 1일, 폐촌이 된 다랑쉬 마을로부터 약 300미터
  떨어진 들판에서 발견된 조그만 토굴이다. 발견 당시 굴 속에는 4·3희
  생자 유골 11구가 있었다고 한다. 이들은 1948년 음력 11월 18일 토벌
  대에 의해 굴 속에 갇힌 채 연기에 집단 질식사한 것으로 알려져 있다.

태풍에 쓰러져도

망국산 잔해목

10호 태풍 우쿵이 지나가는지
망국산 등허리가 곧추선다.

고구려의 부흥을 꿈꾸었던 궁예가
강씨봉*과 철원을 사이에 두고
바라보고 있었던 건 무엇일까?

생각하는데, 설익은
가래며 생나무 가지들이
정수리를 때린다

한여름 땡볕 같은 삶 속에서
나는 무엇을 바라보고 있는가

분단과 동북공정으로
갈라지고 뒤틀린 궁예의 꿈?

철원에서 평강으로

고원에서 광야로 휘몰아치던 꿈이
바람을 타고 몸속으로 들어와
내 영혼에 이명을 울린다, 그 바람

일제히 나를 덮치자
하얗게 젖은 옷자락 안에서
무언가 휘청거린다, 그 바람

끝끝내 놓지 않고
뿌리째 뽑혀 있는
뽑힌 채, 살아 있는

* 삼국사기에는 궁예가 비법(非法)을 행하는 것이 많아 부인 강씨가 이를
  간(諫)하다 자신의 두 아들과 함께 죽임을 당했다고 기록되어 있지만 강
  씨봉 자락에 있는 마을로 유배되었다는 설도 있다. 왕건에게 패한 궁예
  가 잘못을 뉘우치고 부인을 찾았으나 부인은 이미 세상을 떠난 뒤였고,
  회한에 잠긴 궁예는 인근산(망국산)에 올라 망연자실 도성 철원을 바라
  보았다고 전해진다.

겨울 가도 겨울인데

겨울 대추리에 다시 가 보았다
철거당한 집들의 잔해에서,
허공에 엉켜 있는 철근보다 더
질긴 뿌리를 폐허에 박고, 누가

살고 있다, 남의 땅에 농사를 지어도
내가 심은 벼이삭과 콩줄기가 내 뿌리고
내가 뿌리박은 고향땅인데

철조망에 둘러싸여
낫질 한번 못 해보고
얼음덩어리로 변해버린 나락에
쫓겨 가는 설움보다 더한 설움에
무너지는 억장을 끌어안고

살고 있다, 여기에
아무도 안 산다는 외침과
평화가 있다는 침묵을

문패처럼 걸어놓고

봄마늘을 심고 있다, 하루에도
몇 번씩 미쳐버릴 것 같은 마음에
고랑을 내고 볏짚을 덮으며

다시 오지 않을 저 들의 봄을 향해
무엇이든 움틔우고 있다

장벽은 모두

반찬 투정을 하는 아이와 야단을 치며 TV를 보는
아이 사이에 두 살배기 아이를 등에 업은 여인이 뛰
어 들었다. 심양 주재 일본 총영사관으로 뛰어들다
가 중국 공안에게 끌려나오던 여인과 아이가 밥풀
같이 시선에 엉겨 붙어 떨어지지 않던 밤은

아버지, 남(南)으로
남의 땅으로 다시 넘어 오신다

공산당이 싫다고 외치던 내가,
외치다 산 채로 입이 찢어졌다는
이승복 어린이를 닮아가던 내가,
아버지는 남 같았을까?

장벽으로 그려진 선들은 모두
물결에 휩쓸린 수평선일 뿐이라고,
어로저지선도 북방한계선도
해도에 잘못 그려진 암초일 뿐이라고,

청진호*로 대두호**로 뱃길 다시 이으며
아버지, 어린 우리 아버지 환생하시듯
자꾸 넘어 오신다

장전항 좀생이별[*]

　오랫동안 바다가 싫었다. 손바닥에 쩍쩍 얼어붙
던 리어카 끌고 포구에 나가 어둑해질 때까지 돌아
오지 않던 등대호를 기다릴 때도 그랬다. 수평선 아
래서 글썽이던 불빛이, 물 위인지 허공인지, 꺼질
듯 꺼질 듯 안쓰럽게 깜빡이던 애태움이 싫었다.

　협동호 타고 춘태바리[**] 나갔다가 납북 당한 외삼
촌이 불쑥 나타났을 때도 그랬다. 시커먼 그림자를
달고 돌아와, 아버지와 싸우다 술병이 깨지고 피가
터지고, 가라앉지 않던 피를 수압으로 짓누르다 잠
수병마저 겹쳐 몸이 굳어갈 때도, 아버지는 차가운
눈빛으로 바다만 바라보셨다.

　군사분계선을 넘어, 장전항에 도착하던 날 밤에
도 그랬다. 지척에서 떨고 있던 먼 별빛이, 아직 돌
아오지 못한 배들의 불빛인 줄 알았다.

　인민도로와 관광도로가 한 줄기로 만나 흐르던

온정천에서 그 불빛 다시 보았다. 낮에는 안 보이던 사람들이, 높은 담벼락과 비닐 친 창에 가려 보였다 안 보였다 애태우던 얼굴들이, 노란 알전구에 알불처럼 감싸여 창문 밖으로 흘러나왔다. 아버지도 보였다.

의지가지없이, 고향 먼 바다 위를 떠다니다가, 저 불빛 마주보며 아버지는 혼자서 얼마나 많은 눈빛을 주고받았던 걸까. 당신도 모르게 쓸려가던 뱃머리를 고쳐 돌리다, 몸서리치던 눈빛을 별빛으로 태우며 분단의 파도를 넘어 오고 있었던 건 아닐까.

수평선 너머에서
정박한 별들이 닻줄을 올린다

* 여러 개의 작은 별들이 오밀조밀하게 모여서 별무리를 이룬 성단으로, 육안으로는 서너 개의 별밖에 안 보이지만 천체망원경으로 보면 수백 개의 별이 모여 있다.
** 설날 지나 잡히는 명태, '바리'는 고기 잡는 방식을 뜻하는 순수한 우리말이다. 낚시로 잡아 올리는 '연승바리'와 그물로 잡는 '그물바리'가 있다.

가계(家系)의 바다

−이성일의 시세계

이경호

　그의 바다에는 가계(家系)의 부표가 떠 있다. 그 부표를 떠받치는 삶의 추억 속에 아버지의 노동이 자리 잡고 있다. 아버지의 자맥질로 감당해야 하는 가계의 삶은 지난하고도 위태롭다. 자맥질의 속성이 부표의 존재감을 위협하기 때문이다. 그러므로 유년 시절의 그가 바다의 표면에 위태롭게 떠 있는 부표의 추억에서 무엇보다 먼저 확인하는 것은 죽음이다. "겁 없이 뜨는 몸 깔깔거리며 바다에 띄우다, 하얗게 바다가 지워질 때 돌아가면 자주 누군가 죽어 있었다"(「아버지의 땅」)는 기억으로 인해 유년 시절의 '죽음'에 대한 무의식은 아버지의 노동을 '죽음'과 결부시키는 강박감을 초래한다. "아버지는 마당 한구석에서 주검 껍질처럼 벗겨진 머구리 잠수복에 나무 신발에, 납덩어리를 매달고 있었습

니다"라는 고백에서 그러한 강박의식을 확인할 수
가 있다. 이때 주목해야 할 점은 '잠수복'과 '납덩
어리'의 무게에 대한 불안을 떨쳐내는 아버지의 깨
우침이다. 죽음의 무게를 떨쳐내게 만드는 아버지
의 깨우침은 '부력'이다. '부력'이 있는 바다와 "부
력이 없는 세상"의 차이를 아들에게 설명해주는 아
버지의 말씀을 이해하기 위하여 우리는 시의 내용
을 꼼꼼하게 살펴볼 필요가 있다.

> 아버지 무거워요, 바다에 빠져 죽겠어요
> 아니야, 그건 네가 부력이 없는 세상에 살아서 그래
> 아버지, 부력이 뭐에요?
> 땅에 발붙이지 못하게 하는 힘이지, 내가
> 너의 땅이 되어주지 못할 때가 되면
> 너도 알게 될 거야, 아버지 그럼
> 내 신발에도 납을 달아주세요
> 그러지 않아도 돼, 내가 너의 납덩어린 걸
>
> —「아버지의 땅」 부분

아버지의 노동은 세상의 노동과는 다른 속성과
가치를 간직하고 있다. 그의 노동이 바다에서 이루
어지므로 '부력'의 원리에 순응하기 위해 '납덩어

리'의 무게를 감당해야 한다는 가르침은 세상살이의 이치에 대한 속 깊은 상징으로 다가온다. "부력이 없는 세상"에서는 감당하기 어려워 회피하고 싶은 '납덩어리'의 무게를 감당하게 만드는 '부력'의 힘을 아버지의 노동은 간직하고 있기 때문이다. 고통의 무게가 오히려 삶의 노동을 가치 있게 만드는 비결을 아버지는 터득하고 있었던 것이다. 그러나 아버지의 가르침은 그보다 한층 절실한 이치를 일깨우고 있다. "내가 너의 땅이"라는, 또한 "내가 너의 납덩어린 걸"이라는 아버지의 주장에서 우리는 고통('납덩어리')의 무게로 가계('땅')의 존재 이치를 확인하려는 가장의 의지를 읽어낼 수가 있기 때문이다.

그러한 가계의 존재 이치는 "뽈록하게 튀어나온 치어들의 부레가 허기인 줄도 모르"던 유년 시절로부터 그의 삶을 벗어나게 만들어준다. "부레가 허기"라는 이치를 깨달을 때 삶의 부표는 고통의 무게를 감당하게 되는 것이다.

그런데 이 작품은 마지막 연에서 다시 감당하기 어려운 고통의 존재감을 확인하는 내용으로 끝을 맺는다. "아버지, 너무 깊게 묻혀/발이 닿지 않는 땅"은 아버지와 그의 세계를 단절시켜 놓고 있다.

'부력'으로도 감당할 수 없는 삶의 고통에 대한 깨
달음은 아버지의 죽음에서 비롯된 듯하다. "너무
깊게 묻혀"로 확인되는 아버지의 죽음이 환기시켜
주는 삶의 고통은 유년 시절의 바다로부터 현재의
바다로 시선을 돌려놓는 계기를 만들어준다.

한지를 두드리며
누군가의 생을 탁본하다가
가슴 속 못 하나, 숨표처럼
그대 죽음 밖으로 삐져나와
바다로 간다

행간을 건너지 못한 생각들이
몇 척 배로 찍혀 정박해 있는
주문진 항, 안 보이던 배들이
고동에서 고동으로 떠다니다
난파당한 이들의 생을 탁본한 듯
안개를 뚫고 나와, 고동
그 빈 먹통 속으로 바다를 확
펼쳐 보인다, 안개 경보 울리고

안개로 풀어진 이들의 비명

자욱하게 바다를 덮는다

–「안개 바다」부분

　"그대 죽음 밖으로 삐져나"온 고통("가슴 속 못 하나")은 그의 생을 다시 바다로 이끌어낸다. 그런데 그 바다는 이미 어른의 시선으로 감당해야 하는 바다이다. 가계의 고통을 감당하던 아버지는 죽었기 때문이다. 그가 바다에서 마주치는 대상은 '부표'가 아니라 '배'이다. 그 '배'들은 삶과 죽음의 "행간을 건너지 못한 생각들"처럼 바다에 떠 있다. "난파당한 이들의 생을 탁본"해놓은 듯한 그 '배'들의 모습을 대변하는 것은 '고동'이다. 생의 고통을 토해내는 '고동'이야말로 바다라는 생의 현실에서 마주쳐야 하는 대상이다. 그 '고동' 소리는 '안개'와 하나가 되어("안개로 풀어진 이들의 비명") 바다라는 생의 현실을 뒤덮는다. 생의 바다를 뒤덮은 고통의 '비명'이야말로 어른이 된 그가 마주치고 감당해야 하는 현실의 조건이다. 그 고통의 바다에서 그의 삶은 "수평선에 엉켜, 폐그물이 되어버"(「너에게로 가는 길」)리기도 한다.

　바다에서의 척박한 삶은 산촌의 그것과도 다를 바가 없지만 그의 이번 시집에 바다의 공간과 더불

어 등장하는 산촌의 풍경은 바다의 척박한 삶의 고
통을 상징하는 '폐그물'을 '덩굴손'의 활력으로 변
화시키는 상상력을 선보이기도 한다는 점에서 의미
롭다.

고지박 덩굴이
쓰러져 가는 집을
붙들고 있다

자고나면 매달리고
자고 나면 늘어지는
삶의 무게를 고지박이
감당하고 있는 걸까

축대 끝 담벼락 지나
달빛을 향해 뻗어가던 덩굴손이
비탈진 동네를 한 지붕으로
덮어가는 밤이면

삶이 악몽 같아
꿈꿀 수조차 없었던 날들이
고지박 속에서

부풀어 오른다

─「덩굴손─독박골1」 부분

‘고지박 덩굴’은 두 가지 중요한 역할을 수행하고 있다. 첫 번째로는 가계를 벗어나 집단의 연대를 도모하는 역할이다. "비탈진 동네를 한 지붕으로/덮어가는 밤"이라는 표현에서 그러한 ‘고지박 덩굴’의 역할을 확인할 수가 있다. 고통을 나누어 감당하는 현명한 방법을 제시하고 있는 셈이다. 두 번째로는 "꿈꿀 수조차 없었던 날들"을 변화시키는 역할이다. "고지박 속에서/부풀어 오"르는 것은 ‘꿈’을 가리키고 있다. ‘고지박’의 연금술은 ‘악몽’을 희망의 ‘꿈’으로 바꾸어놓는 것이다.

그러한 산촌의 활력은 ‘고지박 덩굴’에만 국한되어 있지 않다. 산촌의 활력은 오히려 바다의 속성을 끌어안으면서 삶의 고통을 견디고 이겨내는 가능성을 찾아내기도 한다.

나는 왜 한번도
바다가 땅이라는
생각을 못했을까
물 밑에는 왜

죽음만 있을 거라고
생각했을까

아침마다 바닥에서 올라와
비탈진 골목골목에, 싸고
싱싱한 바다를 끌어다 놓는
저 물 좋은 고등어처럼

내장 뺀 자리에 막소금 대신
소금발 서린 목소리를 채우고
파도가 땅을 치듯
삶의 바닥을 치고 오르는
저 서울, 간고등어처럼

　　　　　　　-「서울, 간고등어-독박골4」 전문

　이 작품에서 무엇보다도 주목할 점은 "나는 왜 한
번도/바다가 땅이라는/생각을 못했을까"하는 자책
의 내용이다. 그의 유년 시절부터 바다는 죽음의 강
박감을 그에게 안겨주었고 그것으로부터 벗어날 수
있는 방법으로 '부력'이나 '부표'를 의식해야 했기
때문이다. 바다가 안겨주는 죽음의 두려움을 극복
하게 해주는 존재는 아버지였으나 아버지의 죽음으

로 인한 현실의 무게는 그에게 벗어나기 어려운 질곡으로 여겨져 왔었다. 그런데 지금 그는 바다를 '땅'과 연계시키면서 바다 속의 죽음으로부터 벗어날 수 있는 삶의 가능성을 찾아내고 있는 것이다. 그것이 바로 '간고등어'이다. '간고등어'는 유년 시절 그의 아버지가 보여주었던 '납덩어리'의 무게와 그것을 감당하게 해주는 '부력'과는 다른 삶의 대처방안을 일깨워준다. 그것은 바로 "소금발 서린 목소리"이다. 고등어의 "내장 뺀 자리에" 채워지는 그것은 실제로는 '막소금'이지만, 시인은 '막소금'을 대신하여 골목을 누비며 '간고등어'를 팔러 다니는 장사꾼의 목소리를 삶에 대한 의지와 활력으로 내세우고 있는 것이다. "소금발 서린" 그 외침은 고통의 상처를 치유하고 "삶의 바닥을 치고 오르는" 생명력을 내포하고 있다.

바다와 육지의 연대라고 이름붙일 만한 상상력은 산촌의 '막장'에서 살아온 타인의 고통을 공감하는 마음가짐에서 절실한 표현력의 기반을 획득하기도 한다.

기차가 떠나자,
막차를 놓쳐버린 그가 대합실 안으로 들어왔습니다.

눈치로만 살아온 내게 그의 짧은 머리는 소매 속에 감
춰진 문신의 나머지를 뒷골목 어디쯤의 약도로 그려
놓았습니다. 다짜고짜 투덜대는 넋두리와 덜컹이는 대
합실의 낡은 유리창이 어두운 생각의 나머지를 바람소
리로 울렸습니다. 나와 그 사이에서 식어가는 연탄난
로. 그가 다그치듯 말했습니다, 톱밥에서 연탄으로 땔
감이 바뀌었는데도 탄광 문은 닫혔다고, 주문진 속초
어디 뱃일하러 간다고, 막장에서 막장으로, 해수면보
다 더 깊게 파 내려간 수갱을 버팀목 몇 개로 받쳐두고
뜬다고, 어디로 가야,

　(흔들리는 삶에 수평을 잡을 수 있을까요?)
　말문이 막혔습니다. 선뜻 내 떠나온 바다 주문진과
그의 막장 사이를 이어주기에는 너무 약한 생의 버팀
목들이 말문을 움켜쥐고 있었습니다. 딱딱하게 굳은
말을 하얗게 타 들어가는 연탄재에 묻어두고 돌아앉았
습니다. 졸다 깨다, 눈꺼풀에도 무너져 내리는 그의 빈
산에 온몸이 덜컹거렸습니다. 바다로 뚫린 그의 막장
속에서 스위치백식으로 오르내리던 삶이, 기적(汽笛)
을 울리며 다가오고 있었습니다.
　　　　-「바다로 뚫린 막장-태백역에서」 전문

대합실에서 이루어지는 고통의 연대는 바다와 산촌의 경계, 그리고 가계와 공동체의 경계를 허문다. 탄광의 '막장'을 "해수면보다 더 깊게 파 내려간 수갱"으로 받아들이는 마음이 그러한 경계 허물기의 증거이다. 그리고 "바다로 뚫린 그의 막장"이 자신의 '막장'으로 받아들여지는 순간 시인은 "온몸이 덜컹거"리는 느낌을 받는다. 그 덜컹거림은 서로의 연대를 통하여 생의 고통을 '스위치백식'으로 감당할 수 있는 방법을 마련해준다. 좀 더 자세히 말해보면 급경사면을 완화하기 위하여 지그재그 식으로 기찻길을 놓는 방법으로 생의 고통을 감당할 수 있도록 만드는 것이다. 서로 연대함으로써 생의 고통을 감당할 수 있다는 사실을 확인이라도 하듯 '기적(汽笛)'이 울려온다. 그 소리를 희망의 시발점으로 삼기는 어려우나 고통의 소통과 연대만으로도 '기적(汽笛)'은 기적(奇蹟)으로 삼을 만하다. 생의 고통은 이렇듯 가계의 경계를 뛰어넘는 소통의 방법으로 견딤의 기반을 이룩해낸다.

이러한 소통은 '분단'이라는 주제를 통해서도 입증된다. 북한 포구 '장전항'의 방문은 외삼촌과 아버지의 불화에서 비롯된 시인의 바다 기피증을 극복하게 해줄 뿐만 아니라 가계를 넘어서 민족이라는 공동체를 따뜻하게 품을 수 있는 마음의 시선을 마련해준다. "돌아오지 않던" 배들과 "차가운 눈빛으로 바다만 바라"보던 아버지의 모습에 배경으로 자리 잡은 분단의 고통은 그의 북한 포구 방문으로 극복의 실마리를 마련하게 되는 것이다.

군사분계선을 넘어, 장전항에 도착하던 날 밤에도 그랬다. 지척에서 떨고 있던 먼 별빛이, 아직 돌아오지 못한 배들의 불빛인 줄 알았다.

인민도로와 관광도로가 한 줄기로 만나 흐르던 온정천에서 그 불빛 다시 보았다. 낮에는 안 보이던 사람들이, 높은 담벼락과 비닐 친 창에 가려 보였다 안 보였다 애태우던 얼굴들이, 노란 알전구에 알불처럼 감싸여 창문 밖으로 흘러났다. 아버지도 보였다.

의지가지없이, 고향 먼 바다 위를 떠다니다가, 저 불빛 마주보며 아버지는 혼자서 얼마나 많은 눈빛을 주고받았던 걸까. 당신도 모르게 쓸려가던 뱃머리를 고쳐 돌리다, 몸서리치던 눈빛을 별빛으로 태우며 분단의 파도를 넘어오고 있었던 건 아닐까.

수평선 너머에서

정박한 별들이 닻줄을 올린다

―「장전항 좀생이별」 부분

"아직 돌아오지 못한 배들의 불빛"이 다가설 수 없는 분단의 아픔을 상징한다면 북한 "온정천에서 그 불빛"은 마음으로 품고 소통할 수 있는 민족공동체의 삶을 상징한다. "노란 알전구에 알불처럼 감싸여 창문 밖으로 흘러"나오는 그 '불빛'이 아버지가 떠나온 북한 고향 이웃의 "얼굴들"을 떠올리게 만들기 때문이다. 분단의 현실에 가려 "안 보였다 애태우던 그 얼굴들" 속에서 아들은 아버지의 얼굴도 연상해낸다. 아버지의 자취를 북한 인가의 불빛에서 찾아내는 순간 아들의 가슴 속에 응어리져 있던 분단의 바다에 대한 상처는 치유되기 시작한다. "분단의 파도를 넘어오"는 아버지의 모습, 고향 쪽 별빛과 포구의 불빛을 바라보며 분단의 아픔을 달랬을 아버지의 "몸서리치던 눈빛"은 "장전항 좀생이별"로 변화된다. 이름 없는 실향민들의 고향에 대한 그리움을 고향하늘의 무리진 별빛으로 보여주는 "장전항 좀생이별"은 분단을 이겨내는 민족공동체의 얼굴인 셈이다. 분단의 "현실에 정박한 별들이/닻줄을 올"리고 그리운 고향으로 돌아가는 꿈을 시인은 꾼다. 아버지의 바다에서 아버지를 품고 아버지를 넘어서 이웃과 공동체의 삶으로 그 꿈은 확산되어 간다. 가계의 바다에서 이웃과 공동체의 바다로.

(문학평론가)

빗방울화석 시선 3

고래 발자국

초판 1쇄 인쇄 2008년 4월 10일
초판 1쇄 발행 2008년 4월 15일

지은이 이성일
펴낸이 조재형

펴낸곳 도서출판 빗방울화석
주소 경기도 파주시 교하읍 문발리 파주출판도시 535-7
전화 031-955-4417 팩스 031-955-4418
전자우편 raindrop_1@naver.com
블로그 http://blog.naver.com/raindrop_1

등록 2004년 12월 13일(제300-2006-188호)

ⓒ 이성일, 2008
ISBN 978-89-9600352-6 03810